roman rouge

Dominique et compagnie

Sous la direction de
Agnès Huguet

Gilles Tibo

Choupette et
tante Dodo

Illustrations
Stéphane Poulin

**Catalogage avant publication
de Bibliothèque et Archives Canada**

Tibo, Gilles, 1951-
Choupette et tante Dodo
(Roman rouge ; 41)
Pour enfants de 6 ans et plus.

ISBN-13 : 978-2-89512-506-8
ISBN-10 : 2-89512-506-6
I. Poulin, Stéphane. II. Titre.
III. Collection.

PS8589.I26C56 2006 jC843'.54 C2005-942389-7
PS9589.I26C56 2006

Dépôts légaux : 3e trimestre 2006
Bibliothèque et Archives nationales
du Québec
Bibliothèque nationale du Canada
Bibliothèque nationale de France

ISBN-13 : 978-2-89512-506-8
ISBN-10 : 2-89512-506-6
Imprimé au Canada

10 9 8 7 6 5 4 3 2 1

Direction de la collection et
direction artistique : Agnès Huguet
Conception graphique :
Primeau & Barey
Révision : Céline Vangheluwe
Correction : Corinne Kraschewski

Dominique et compagnie
300, rue Arran
Saint-Lambert (Québec)
J4R 1K5 Canada
Téléphone : (514) 875-0327
Télécopieur : (450) 672-5448
Courriel :
dominiqueetcie@editionsheritage.com
Site Internet :
www.dominiqueetcompagnie.com

Nous remercions le Conseil des Arts du
Canada de l'aide accordée à notre programme de publication. Nous reconnaissons l'aide financière du gouvernement du
Canada par l'entremise du Programme
d'aide au développement de l'industrie de
l'édition (PADIÉ) pour nos activités d'édition.

Nous reconnaissons l'aide financière du
gouvernement du Québec par l'entremise
du Programme de crédit d'impôt pour l'édition de livres – SODEC – et du Programme
d'aide aux entreprises du livre et de
l'édition spécialisée.

À Dominique Demers,
plus rapide que l'éclair…

Chapitre 1

L'arrivée du cyclone

Moi, je m'appelle Choupette. Ma tante Dominique s'appelle tante Dominique, mais nous la surnommons tante Dodo. Tante Dodo est une champiiionne de viiitesse. Elle parle viiite. Elle marche viiite. Elle mange viiite…

Moi, Choupette, je suis une championne de lenteur. Surtout ce matin, un samedi matin ! Je me réveille lentement… Je bâille lentement… Je me lève lentement… Je déjeune lentement… Je regarde lentement la télévision… Je change de poste lentement… et tout à coup, *Ding, dong ! Ding, dong ! Ding, dong !* Je sursaute sur le canapé du salon. La sonnette de la maison retentit à une vitesse supersonique. Je n'ai même pas le temps de me lever. La porte d'entrée s'ouvre d'un coup.

Tante Dodo se précipite dans le salon. Chaussée d'espadrilles toutes neuves, elle sautille sur place et me lance :

– Bonjour, Choupette !

– Bonjour, tante Dodo. Comme vous avez un beau survêtement !

Elle me répond :

– Merci. Grâce à ce nouveau tissu synthétique, nous pourrons courir, faire du vélo, nager, grimper !

– Nous ? Mais pourquoi nous ?

En guise de réponse, elle fouille dans son sac et me donne une petite boîte :

– Tiens, ma Choupette. C'est un cadeau pour toi !

J'ouvre la boîte et je déplie un beau survêtement, exactement comme celui de ma tante, mais en plus petit. Je l'embrasse sur les deux joues :

– Merci beaucoup !

—Enfile-le tout de suite. Nous sommes en retard.

—Co… Comment ça, nous sommes en retard ?

Derrière moi, ma mère s'approche en balbutiant :

—Oups… Ma Choupette, j'avais complètement oublié de te le dire. Tante Dodo t'invite pour la journée !

Tante Dodo ajoute :

– Vite, Choupette ! Profitons de la belle journée pour faire une heure de marche rapide, deux heures de course à pied, trois heures de tennis, quatre heures de vélo, cinq heures de gymnastique, six heures de…

Je compte rapidement dans ma tête :

– Mais, tante Dodo, cela fait vingt et une heures de sport, juste pour aujourd'hui ! Et il est déjà dix heures et demie du matin !

Elle me répond en m'aidant à enfiler le survêtement :

– Justement, justement, il faut se dépêcher ! Je voudrais, aussi, escalader une montagne, descendre une rivière en kayak, franchir des rapides, faire du saut à l'élastique, sauter en parachute, sauter…

Fiou ! Re-fiou ! Et re-re-fiou ! Pendant que tante Dodo continue l'énumération de tout ce qu'elle veut faire aujourd'hui, moi, je lance mon ourson préféré, mon livre préféré et ma doudou préférée dans mon sac à dos. Tante Dodo me demande :

– C'est tout ?

Je prends aussi mes souliers de course, mes patins à roues alignées, des palmes et un bonnet de bain pour nager.

−C'est tout ?

J'ajoute un gilet de sauvetage, un casque protecteur, des genouillères.

−C'est tout ?

−Oui, c'est tout !

Mes parents n'ont même pas le temps de me donner leurs conseils d'usage. Tante Dodo les embrasse en disant :

−Ne vous inquiétez pas ! Je ferai attention à votre Choupette comme à la prunelle de mes yeux !

Je me retrouve sur le trottoir en compagnie de tante Dodo, qui me prend par la main :

– Vite, Choupette, nous allons courir jusqu'à mon automobile !

– Où est votre automobile ?

– Je l'ai garée à l'autre bout de la ville ! À quarante-deux coins de rue d'ici !

Chapitre 2

En courant

Je cours derrière tante Dodo. Au premier coin de rue, je suis déjà tout essoufflée. Au deuxième coin de rue, j'ai une crampe à l'estomac. Au troisième coin de rue, j'ai une crampe au mollet. Au quatrième coin de rue, mon corps, au complet, est devenu une énorme crampe. Mes jambes sont aussi dures que du bois. Je ne peux plus courir. Je m'arrête.

– Choupette. Choupette. Que se passe-t-il ?

–Rien… rien…

Tante Dodo regarde sa grosse montre :

–Vite ! Vite ! Nous n'avons plus une seconde à perdre !

Je lui réponds en bougonnant :

–Moi, aujourd'hui, je voulais me reposer. Moi, aujourd'hui, je voulais relaxer. Moi, aujourd'hui, je voulais me la couler douce. Moi, je…

– Pas de problème, répond tante Dodo. Je connais un bon truc pour que nous partagions cette magnifique journée. Toi en te reposant, moi en faisant du sport extrême.

Là, je l'avoue, je ne comprends plus rien :

– Tante Dodo, comment pouvons-nous faire deux choses contraires en même temps ?

– C'est très facile, me répond-elle. Aimerais-tu lire un livre pendant que je fais du jogging ?

– Heu, oui…

En souriant, elle me tend un gros bouquin intitulé *L'encyclopédie de l'athlète*. Ensuite, elle me soulève dans les airs et m'installe sur ses épaules. Pendant que je regarde les premières pages du livre, ma tante Dodo commence à galoper sur le trottoir. Elle circule entre les

passants, entre les tricycles, les trot-
tinettes, les vélos. Incroyable ! Elle
court comme une gazelle. Le vent
caresse mes joues, mes cheveux.
J'ai l'impression de voltiger, de pla-
ner au-dessus du trottoir…

À peine essoufflée, tante Dodo
s'approche d'un groupe de coureurs. Je consulte son encyclopédie

et je tombe sur la phrase suivante :
« Les athlètes ont besoin d'encou-
ragements. » Je crie :

– Allez, tante Dodo, vous êtes la
meilleure !

Aussi rapide qu'une antilope pour-
suivie par des lions affamés, tante
Dodo allonge sa foulée. Elle rejoint le
peloton. En feuilletant le livre, je dis :

– Ne regardez pas en arrière. Détendez-vous. Prenez de profondes inspirations !

Tante Dodo court tellement vite qu'elle dépasse le peloton. Les autres coureurs essaient de la suivre, mais elle est trop rapide. Je crie :

– Bravo, ma tante, vous les avez semés dans la brume !

Quarante-deux coins de rue plus loin, après avoir tressauté plus d'une heure sur les épaules de ma tante, j'aperçois, enfin, son automobile. Elle croule sous les vélos, kayaks, planches à voile, dériveurs, canots et autres objets dont j'ignore le nom. Mais moi, la Choupette, je n'ai aucune envie de pratiquer tous ces sports.

– Tante Dodo, d'après l'encyclopédie, il vous reste encore une heure à courir !

– Merci, ma Choupette !

Tante Dodo accélère. Elle passe à toute vitesse devant sa voiture. Nous traversons un grand parc et nous longeons une rivière. Moi, fatiguée de tressauter, je consulte le livre, puis je dis :

– Il est fortement conseillé de varier ses entraînements !

Tante Dodo me répond :

– Bonne idée ! Veux-tu faire de la natation ?

– Je… heu… je ne suis pas une très bonne nageuse.

– Ne crains rien. Enfile ton gilet de sauvetage.

Perchée sur les épaules de ma tante, je me tortille pour enfiler mon gilet de sauvetage, mon horrible

bonnet de bain, puis mes palmes.
Je dois avoir l'air complètement
ridicule.

Ma tante bifurque vers la droite,
s'approche de la rive et se lance
dans la rivière.

Chapitre 3

Incroyable tante Dodo !

Tante Dodo nage comme une vraie championne. Après une heure de natation, des poissons dorés sautent hors de l'eau pour nous saluer. Après deux heures, des pêcheurs nous suivent en chaloupe et en canot. Des touristes qui se promènent en pédalo nous prennent en photo. Clic ! Clic ! Clic !

Après trois heures de natation à dos de tante Dodo, j'ai très soif et très faim. Je feuillette l'encyclopédie :

– Tante Dodo ! Les athlètes doivent bien se nourrir. Arrêtons-nous quelque part pour manger !

Tante Dodo fait du surplace dans l'eau, puis s'exclame :

– D'accord, mais avant de manger, nous devrons faire un peu d'escalade !

Je lève les yeux et j'aperçois un restaurant juché sur le haut d'un cap qui domine la rivière. Je demande :

– Tante Dodo, vous n'êtes pas sérieuse, là ?

– Oui, oui, répond-elle. Il serait prudent d'enfiler ton casque protecteur !

J'enfile mon casque protecteur ainsi que mes genouillères. Tante Dodo sort de l'eau et commence à grimper le long de la paroi rocheuse. Moi, agrippée à ses épaules, j'ai le vertige. Je n'ose pas regarder en bas. Je ferme les yeux. J'ai peur !

Ça y est, je crois que ma dernière heure est arrivée.

Tout à coup, je sens de délicieux parfums me chatouiller les narines. Tante Dodo me dépose par terre. J'ouvre les yeux. Nous sommes debout sur le promontoire, tout près du restaurant. Nos vêtements dégoulinent. Tante Dodo, qui a plus d'un tour dans son sac, ouvre les bras et

se place face au vent. Je l'imite. En quelques minutes, nos incroyables survêtements deviennent secs.

Nous nous engouffrons dans le restaurant. À la vitesse de l'éclair, tante Dodo commande un repas super rapide à manger et… à digérer. À peine a-t-elle avalé la dernière bouchée que ma tante regarde par la fenêtre en s'écriant :

–Quel hasard formidable ! Ici, on loue des vélos !

–Tante Dodo, je refuse de faire du vélo avec vous !

–Pourquoi donc, ma Choupette ?

–Parce que je ne pourrai jamais vous suivre !

–Ne t'inquiète pas pour ça !

Chapitre 4

Le tandem et... le reste

Deux minutes plus tard, moi, la Choupette, je suis confortablement installée à l'arrière d'un tandem. À l'avant, tante Dodo pédale comme une enragée. En feuilletant l'encyclopédie, je lui donne des conseils :

– N'oubliez pas de changer de vitesse. Penchez-vous vers l'avant pour mieux fendre le vent. Inspirez bien !

En suivant mes instructions à la lettre, tante Dodo accélère, accélère,

accélère. Je m'écrie tout à coup :

– Oh ! regardez ! Un parc où l'on peut jouer au tennis, au badminton, à la pétanque, au soccer !

Tante Dodo freine brusquement, appuie le tandem contre un arbre et s'éloigne en criant :

– YAHOU ! !

Pendant que ma tante joue au tennis, au badminton, au soccer, au base-ball, au football, à la pétanque, au ping-pong, à la balle au mur, moi, la Choupette, je m'étends à l'ombre d'un grand sapin avec mon ourson, ma doudou et mon livre préféré. Je lis un peu, je fais une petite sieste, puis je me réveille juste avant l'heure du souper. Je crie

à tante Dodo qui joue au tennis contre une équipe de six joueurs :

– Tante Dodo, l'entraînement est terminé ! C'est l'heure du souper !

Tante Dodo dit au revoir à ses partenaires de tennis. Nous rebroussons chemin pour rapporter le tandem. Nous en profitons pour souper au restaurant. Puis je grimpe de nouveau sur les épaules de ma tante. Elle descend le grand rocher en rappel, nage en remontant le courant de la rivière et court jusqu'à son automobile. En s'assoyant devant le volant, elle soupire :

—J'ignore pourquoi, mais je me sens légèrement fatiguée…

Après avoir traversé la ville en bâillant, tante Dodo stationne devant chez moi. Elle m'accompagne jusque dans la maison. Ma mère demande :

– Et puis, les sportives, pas trop fatiguées ?

En bâillant de plus belle, tante Dodo répond :

– Nous avons fait de la course à pied, de la natation, de l'escalade, du vélo, du base-ball, du soccer, du tennis…

– Et en plus, moi, j'ai fait de l'équitation une bonne partie de la journée !

– Ah oui ? De l'équitation ? Avec quel cheval ? demande ma mère.

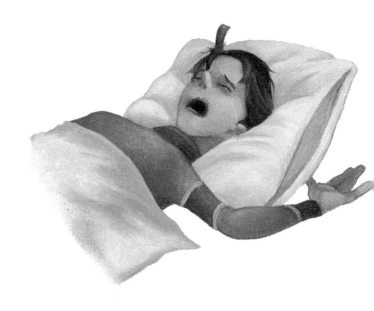

Je me retourne vers tante Dodo, mais elle a disparu. Après l'avoir cherchée dans toutes les pièces de la maison, nous la retrouvons affalée sur mon lit. Elle ronfle à tue-tête. Je la recouvre avec ma doudou, je l'embrasse sur la joue, puis je murmure à ma mère :

— Pauvre tante Dodo, elle n'est vraiment pas en forme ! Une bonne nuit de sommeil lui fera le plus grand bien, parce que moi, demain, j'ai l'intention de faire du parachutisme, une descente de rivière en kayak, du saut à l'élastique et probablement beaucoup, beaucoup, beaucoup d'équitation… !

Dans la même série

Choupette et son petit papa

Choupette et maman Lili

Choupette et tante Loulou

Achevé d'imprimer en juillet 2006
sur les presses de Imprimerie L'Empreinte inc.
à Saint-Laurent (Québec) - 67263